# Der Drache meines Vaters

Ruth Stiles Gannett

## Alpha-Editionen

Diese Ausgabe erschien im Jahr 2024

ISBN: 9789359947778

Herausgegeben von
Writat
E-Mail: info@writat.com

# Inhalt

# Kapitel Eins
## MEIN VATER TRIFFT DIE KATZE

An einem kalten, regnerischen Tag, als mein Vater noch ein kleiner Junge war, traf er in seiner Straße eine alte Straßenkatze. Die Katze war sehr nass und fühlte sich unwohl, also sagte mein Vater: „Möchtest du nicht mit mir nach Hause kommen?"

Dies überraschte die Katze – sie hatte noch nie zuvor jemanden getroffen, der sich um alte Straßenkatzen kümmerte – aber sie sagte: „Ich wäre sehr dankbar, wenn ich mich an einen warmen Ofen setzen und vielleicht eine Untertasse Milch bekommen könnte."

„Wir haben einen sehr schönen Ofen zum Sitzen", sagte mein Vater, „und ich bin sicher, meine Mutter hat eine zusätzliche Untertasse Milch."

Mein Vater und die Katze wurden gute Freunde, aber die Mutter meines Vaters war sehr verärgert über die Katze. Sie hasste Katzen, besonders hässliche alte Straßenkatzen. „Elmer Elevator", sagte sie zu meinem Vater, „wenn du glaubst, ich würde dieser Katze eine Untertasse Milch geben, liegst du völlig falsch. Wenn du einmal damit anfängst, streunende Straßenkatzen zu füttern, kannst du genauso gut erwarten, alle Streuner in der Stadt zu füttern, und das werde ich *nicht* tun!"

Das machte meinen Vater sehr traurig und er entschuldigte sich bei der Katze, weil seine Mutter so unhöflich gewesen war. Er sagte der Katze, sie solle trotzdem bleiben und er würde ihr jeden Tag eine Untertasse Milch bringen. Mein Vater fütterte die Katze drei Wochen lang, aber eines Tages fand seine Mutter die Untertasse der Katze im Keller und war äußerst wütend. Sie peitschte meinen Vater und warf die Katze zur Tür hinaus, aber später schlich sich mein Vater hinaus und fand die Katze. Zusammen gingen sie im Park spazieren und versuchten, sich nette Gesprächsthemen auszudenken. Mein Vater sagte: „Wenn ich groß bin, werde ich ein Flugzeug haben. Wäre es nicht wunderbar, überall hin zu fliegen, wo man nur hin will?"

„Möchtest du unbedingt, unbedingt fliegen?", fragte die Katze.

„Das würde ich bestimmt. Ich würde alles tun, wenn ich fliegen könnte."

„Gut", sagte die Katze, „wenn du wirklich so gern fliegen möchtest, dann glaube ich, dass ich eine Möglichkeit kenne, wie du das Fliegen lernen kannst, während du noch ein kleiner Junge bist."

„Sie meinen, Sie wissen, wo ich ein Flugzeug herbekommen könnte?"

„Nun, nicht unbedingt ein Flugzeug, aber etwas noch Besseres. Wie Sie sehen, bin ich jetzt ein alter Kater, aber in meiner Jugend war ich ein ziemlicher Reisender. Meine Reisetage sind vorbei, aber letzten Frühling habe ich nur noch eine Reise gemacht und bin zur Insel Tangerina gesegelt, mit Zwischenstopp im Hafen von Cranberry. Nun, es passierte einfach, dass ich das Boot verpasste, und während ich auf das nächste wartete, dachte ich, ich könnte mich ein bisschen umsehen. Besonders interessierte mich ein Ort namens Wild Island, an dem wir auf unserem Weg nach Tangerina vorbeigekommen waren. Wild Island und Tangerina sind durch eine lange Reihe von Felsen miteinander verbunden, aber die Leute gehen nie nach Wild Island, weil es größtenteils Dschungel ist und von sehr wilden Tieren bewohnt wird. Also beschloss ich, über die Felsen zu gehen und es selbst zu erkunden. Es ist sicherlich ein interessanter Ort, aber ich sah dort etwas, das mich zum Weinen brachte."

# Kapitel Zwei
# MEIN VATER RENNT WEG

„Wild Island wird praktisch durch einen sehr breiten und schlammigen Fluss in zwei Hälften geteilt", fuhr die Katze fort. „Dieser Fluss beginnt an einem Ende der Insel und mündet am anderen Ende ins Meer. Die Tiere dort sind sehr faul und haben es früher gehasst, den ganzen Weg um die Flussmündung herumlaufen zu müssen, um auf die andere Seite der Insel zu gelangen. Das machte Besuche unbequem und die Postzustellung verzögerte sich, besonders während des Weihnachtsgeschäfts. Krokodile hätten Passagiere und Post über den Fluss transportieren können, aber Krokodile sind sehr launisch und nicht im Geringsten zuverlässig und suchen immer nach etwas Essbarem. Es macht ihnen nichts aus, wenn die Tiere um den Fluss herumlaufen müssen, also haben die Tiere das viele Jahre lang getan."

„Aber was hat das alles mit Flugzeugen zu tun?", fragte mein Vater, der fand, dass die Katze schrecklich lange brauchte, um es zu erklären.

"Hab Geduld, Elmer", sagte die Katze und erzählte weiter. "Eines Tages, etwa vier Monate bevor ich auf Wild Island ankam, fiel ein Drachenbaby aus einer tief fliegenden Wolke auf das Flussufer. Es war zu jung, um richtig fliegen zu können, und außerdem hatte es sich einen Flügel ziemlich stark verletzt, sodass es nicht mehr zu seiner Wolke zurückkehren konnte. Die Tiere fanden es bald darauf und alle sagten: ‚Das ist genau das, was wir all die Jahre gebraucht haben!' Sie banden ihm ein dickes Seil um den Hals und warteten, bis der Flügel wieder gesund war. Damit würden all ihre Probleme beim Überqueren des Flusses ein Ende haben."

„Ich habe noch nie einen Drachen gesehen", sagte mein Vater. „Hast du ihn gesehen? Wie groß ist er?"

„Oh ja, ich habe den Drachen tatsächlich gesehen. Tatsächlich sind wir gute Freunde geworden", sagte die Katze. „Ich habe mich immer im Gebüsch versteckt und mit ihm geredet, wenn niemand da war. Er ist kein sehr großer Drache, etwa so groß wie ein großer Schwarzbär, obwohl ich mir vorstellen kann, dass er ziemlich gewachsen ist, seit ich weggegangen bin. Er hat einen langen Schwanz und gelbe und blaue Streifen. Sein Horn und seine Augen und die Fußsohlen sind leuchtend rot und er hat goldfarbene Flügel."

„Oh, wie wunderbar!", sagte mein Vater. „Was haben die Tiere mit ihm gemacht, als sein Flügel wieder gesund war?"

„Sie begannen, ihn zum Tragen von Passagieren zu trainieren, und obwohl er nur ein Drachenbaby ist, lassen sie ihn den ganzen Tag und manchmal auch die ganze Nacht arbeiten. Sie lassen ihn viel zu schwere Lasten tragen, und wenn er sich beschwert, verdrehen sie ihm die Flügel und schlagen ihn. Er ist immer an einem Pfahl an einem Seil festgebunden, das gerade lang genug ist, um über den Fluss zu reichen. Seine einzigen Freunde sind die Krokodile, die ihm einmal pro Woche ‚Hallo' sagen, wenn sie es nicht vergessen. Er ist wirklich das elendste Tier, das mir je begegnet ist. Als ich ging, versprach ich, dass ich eines Tages versuchen würde, ihm zu helfen, obwohl ich nicht wusste, wie. Das Seil um seinen Hals ist das größte und stärkste Seil, das man sich vorstellen kann, und es hat so viele Knoten, dass es Tage dauern würde, sie alle zu lösen.

„Also, als Sie von Flugzeugen sprachen, haben Sie mir eine gute Idee gegeben. Ich bin mir ziemlich sicher, dass der Drache Sie fast überallhin mitnehmen würde, wenn Sie ihn retten könnten, was nicht im Geringsten einfach wäre, vorausgesetzt natürlich, Sie wären nett zu ihm. Wie wäre es, wenn Sie es versuchen würden?“

„Oh, das würde ich gern“, sagte mein Vater und er war so wütend auf seine Mutter, weil sie unhöflich zu der Katze war, dass er für eine Weile nicht das Geringste traurig war, von zu Hause wegzulaufen.

Noch am selben Nachmittag gingen mein Vater und die Katze zum Hafen, um nach Schiffen zu sehen, die zur Insel Tangerina fuhren. Sie erfuhren, dass in der nächsten Woche ein Schiff ablegen würde, und begannen sofort mit der Planung der Rettung des Drachen. Die Katze war eine große Hilfe, als sie meinem Vater Vorschläge machte, was er mitnehmen sollte, und sie erzählte ihm alles, was sie über Wild Island wusste. Natürlich war sie zu alt, um mitzukommen.

Alles musste streng geheim gehalten werden, und wenn sie etwas fanden oder kauften, das sie auf die Reise mitnehmen wollten, versteckten sie es hinter einem Felsen im Park. Am Abend vor der Abfahrt lieh sich mein Vater den Rucksack seines Vaters und er und die Katze packten alles sehr sorgfältig ein. Er nahm Kaugummi, zwei Dutzend rosa Lutscher, eine Packung Gummibänder, schwarze Gummistiefel, einen Kompass, eine Zahnbürste und eine Tube Zahnpasta, sechs Lupen, ein sehr scharfes Taschenmesser, einen Kamm und eine Haarbürste, sieben Haarbänder in verschiedenen Farben, einen leeren Getreidesack mit einem Etikett mit der Aufschrift „Cranberry“, saubere Kleidung und genug Essen für meinen Vater, während er auf dem Schiff war. Er konnte nicht von Mäusen leben, also nahm er fünfundzwanzig Erdnussbutter- und Marmeladensandwiches und sechs Äpfel mit, denn das waren alle Äpfel, die er in der Speisekammer finden konnte.

Als alles eingepackt war, gingen mein Vater und die Katze zum Dock zum Schiff. Ein Nachtwächter war im Dienst, und während die Katze laute, seltsame Geräusche machte, um ihn abzulenken, rannte mein Vater über die Gangway auf das Schiff. Er ging in den Laderaum und versteckte sich zwischen einigen Weizensäcken. Das Schiff legte am nächsten Morgen früh ab.

## Kapitel Drei
# MEIN VATER FINDET DIE INSEL

Mein Vater versteckte sich sechs Tage und Nächte im Laderaum. Zweimal wäre er beinahe erwischt worden, als das Schiff anhielt, um weitere Ladung aufzunehmen. Doch schließlich hörte er einen Matrosen sagen, dass der nächste Hafen Cranberry sein würde und dass sie dort das Getreide entladen würden. Mein Vater wusste, dass die Matrosen ihn nach Hause schicken würden, wenn sie ihn erwischten, also schaute er in seinen Tornister und holte ein Gummiband und den leeren Getreidesack mit dem Etikett „Cranberry" heraus. Im letzten Moment gelangte mein Vater in den Sack, samt Tornister, faltete den oberen Teil des Sacks nach innen und legte das Gummiband darum. Er sah nicht ganz so aus wie die anderen Säcke, aber es war das Beste, was er tun konnte.

Bald kamen die Matrosen zum Entladen. Sie ließen ein großes Netz in den Laderaum hinab und begannen, die Weizensäcke zu bewegen. Plötzlich schrie ein Matrose: „Großer Gott! Das ist der seltsamste Sack Weizen, den ich je gesehen habe! Er sieht ganz klumpig aus, aber auf dem Etikett steht, dass er an Cranberry geht."

Auch die anderen Matrosen sahen sich den Sack an, und mein Vater, der in dem Sack war, bemühte sich natürlich noch mehr, wie ein Sack Weizen auszusehen. Dann betastete ein anderer Matrose den Sack und erwischte zufällig den Ellbogen meines Vaters. „Ich weiß, was das ist", sagte er. „Das ist ein Sack mit getrockneten Maiskolben", und er warf meinen Vater zusammen mit den Weizensäcken in das große Netz.

Dies alles geschah am späten Nachmittag, so spät, dass der Händler in Cranberry, der den Weizen bestellt hatte, seine Säcke erst am nächsten Morgen zählte. (Er war ein sehr pünktlicher Mann und kam nie zu spät zum Abendessen.) Die Seeleute berichteten dem Kapitän, und der Kapitän schrieb auf ein Stück Papier, dass sie einhundertsechzig Säcke Weizen und einen Sack getrockneten Maiskolben geliefert hätten. Sie hinterließen dem Händler das Stück Papier und segelten noch am selben Abend davon.

Mein Vater erfuhr später, dass der Händler den ganzen nächsten Tag damit verbrachte, die Säcke zu zählen und jeden einzelnen zu betasten, um den Sack mit dem getrockneten Maiskolben zu finden. Er fand ihn nie, denn sobald es dunkel wurde, kletterte mein Vater aus dem Sack, faltete ihn zusammen und steckte ihn wieder in seinen Rucksack. Er ging am Ufer entlang zu einem schönen Sandplatz und legte sich schlafen.

Mein Vater war sehr hungrig, als er am nächsten Morgen aufwachte. Gerade als er nachsah, ob er noch etwas zu essen hatte, traf ihn etwas am Kopf. Es war eine Mandarine. Er hatte direkt unter einem Baum voller großer, fetter

Mandarinen geschlafen. Und dann erinnerte er sich, dass dies die Insel Tangerina war. Überall wuchsen wilde Mandarinenbäume. Mein Vater pflückte so viele, wie er Platz hatte, also einunddreißig, und machte sich auf den Weg, um Wild Island zu finden.

Er ging und ging und ging am Ufer entlang und suchte nach den Felsen, die die beiden Inseln verbanden. Er ging den ganzen Tag, und als er einmal einen Fischer traf und ihn nach Wild Island fragte, begann der Fischer zu zittern und konnte lange Zeit nicht sprechen. Allein der Gedanke daran machte ihm solche Angst. Schließlich sagte er: „Viele Menschen haben versucht, Wild Island zu erkunden, aber keiner ist lebend zurückgekehrt. Wir glauben, sie wurden von den wilden Tieren gefressen." Das störte meinen Vater nicht. Er ging weiter und schlief in dieser Nacht wieder am Strand.

Am nächsten Tag war es wunderbar klar, und weit unten am Ufer konnte mein Vater eine lange Reihe von Felsen sehen, die ins Meer hinausführten, und ganz, ganz am Ende konnte er gerade noch einen winzigen grünen Fleck erkennen. Schnell aß er sieben Mandarinen und machte sich auf den Weg zum Strand.

Es war schon fast dunkel, als er zu den Felsen kam, aber dort, weit draußen im Meer, war der grüne Fleck. Er setzte sich hin und ruhte sich eine Weile aus. Dabei fiel ihm ein, was die Katze gesagt hatte: „Wenn du kannst, geh nachts zur Insel, denn dann sehen dich die wilden Tiere nicht, wenn du über die Felsen kommst, und du kannst dich verstecken, wenn du dort ankommst." Also pflückte mein Vater noch sieben Mandarinen, zog seine schwarzen Gummistiefel an und wartete auf die Dunkelheit.

Es war eine sehr dunkle Nacht und mein Vater konnte die Felsen vor sich kaum sehen. Manchmal waren sie ziemlich hoch und manchmal waren sie fast von den Wellen bedeckt, und sie waren rutschig und schwer zu begehen. Manchmal lagen die Felsen weit auseinander und mein Vater musste Anlauf nehmen und von einem zum nächsten springen.

Nach einer Weile hörte er ein rumpelndes Geräusch. Es wurde immer lauter, je näher er der Insel kam. Schließlich schien es, als wäre er direkt über dem Geräusch, und das war er auch. Er war von einem Felsen auf den Rücken eines kleinen Wals gesprungen, der fest schlief und sich zwischen zwei Felsen zusammengekuschelt hatte. Der Wal schnarchte und machte mehr Lärm als ein Dampfbagger, also hörte er meinen Vater nicht sagen: „Oh, ich wusste nicht, dass du das bist!" Und er wusste nicht, dass mein Vater aus Versehen auf seinen Rücken gesprungen war.

Sieben Stunden lang kletterte, rutschte und sprang mein Vater von Fels zu Fels, doch noch im Dunkeln erreichte er schließlich den allerletzten Felsen und betrat Wild Island.

# Kapitel vier

# MEIN VATER FINDET DEN FLUSS

Der Dschungel begann gleich hinter einem schmalen Strandstreifen; dichter, dunkler, feuchter, unheimlicher Dschungel. Mein Vater wusste kaum, wohin er gehen sollte, also kroch er zum Nachdenken unter einen Wahoo-Busch und aß acht Mandarinen. Als Erstes beschloss er, den Fluss zu finden, denn der Drache war irgendwo an seinem Ufer festgebunden. Dann dachte er: „Wenn der Fluss ins Meer mündet, sollte ich ihn ganz leicht finden können, wenn ich nur weit genug am Strand entlanggehe." Also ging mein Vater, bis die Sonne aufging und er ziemlich weit von den Ocean Rocks entfernt war. Es war gefährlich, in ihrer Nähe zu bleiben, denn tagsüber könnten sie bewacht werden. Er fand einen Büschel hohen Grases und setzte sich hin. Dann zog er seine Gummistiefel aus und aß drei weitere Mandarinen. Er hätte zwölf essen können, aber er hatte auf dieser Insel keine Mandarinen gesehen und er konnte es sich nicht leisten, dass ihm das Essen ausging.

Mein Vater schlief den ganzen Tag und wachte erst am späten Nachmittag auf, als er eine merkwürdige kleine Stimme hörte, die sagte: „Komisch, komisch, was für ein süßer kleiner Steg! Ich meine, süß, süß, was für ein süßer kleiner Stein!" Mein Vater sah eine winzige Pfote, die sich an seinem Rucksack rieb. Er lag ganz still, und die Maus – denn es *war* eine Maus – eilte davon und murmelte vor sich hin: „Ich muss übel riechen. Ich meine, ich muss es jemandem erzählen."

Mein Vater wartete ein paar Minuten und ging dann den Strand entlang, weil es jetzt fast dunkel war und er Angst hatte, dass die Maus es wirklich jemandem erzählen würde. Er lief die ganze Nacht herum und zwei beängstigende Dinge passierten. Zuerst musste er einfach niesen, also tat er

es und jemand in der Nähe sagte: „Bist du das, Affe?" Mein Vater sagte: „Ja."
Dann sagte die Stimme: „Du musst etwas auf deinem Rücken haben, Affe",
und mein Vater sagte: „Ja", weil er etwas auf dem Rücken hatte. Er hatte
seinen Rucksack auf dem Rücken. „Was hast du auf deinem Rücken, Affe?",
fragte die Stimme.

Mein Vater wusste nicht, was er sagen sollte, denn was hätte ein Affe schon
auf dem Rücken und wie würde es klingen, wenn er jemandem davon
erzählen würde, wenn er tatsächlich etwas hätte? In diesem Moment sagte
eine andere Stimme: „Ich wette, du bringst deine kranke Großmutter zum
Arzt." Mein Vater sagte „Ja" und eilte weiter. Ganz zufällig fand er später
heraus, dass er mit einem Schildkrötenpaar gesprochen hatte.

Als Zweites passierte, wäre er beinahe zwischen zwei Wildschweine gelaufen,
die sich leise und ernst unterhielten. Als er die dunklen Gestalten sah, dachte
er, es seien Felsbrocken. Gerade noch rechtzeitig hörte er eines der Tiere
sagen: „Es gibt drei Anzeichen für eine kürzlich erfolgte Invasion. Erstens
wurden frische Mandarinenschalen unter dem Wahoo-Busch in der Nähe der
Ocean Rocks gefunden. Zweitens meldete eine Maus einen
außergewöhnlichen Felsen in einiger Entfernung von den Ocean Rocks, der
bei näherer Untersuchung einfach nicht da war. An derselben Stelle wurden
jedoch weitere frische Mandarinenschalen gefunden, was das dritte
Anzeichen für eine Invasion ist. Da auf unserer Insel keine Mandarinen
wachsen, muss jemand sie von der anderen Insel über die Ocean Rocks

gebracht haben, was möglicherweise etwas mit dem Erscheinen und/oder Verschwinden des außergewöhnlichen Felsens zu tun hat, von dem die Maus berichtete."

Nach langem Schweigen sagte der andere Eber: „Weißt du, ich glaube, wir nehmen das alles zu ernst. Diese Schalen sind wahrscheinlich ganz von alleine hierhergeschwommen und du weißt, wie unzuverlässig Mäuse sind. Außerdem hätte *ich* es bemerkt, wenn es eine Invasion gegeben hätte!"

„Vielleicht hast du recht", sagte der erste Eber. „Sollen wir uns zurückziehen?" Woraufhin sie beide zurück in den Dschungel trotteten.

Das war meinem Vater eine Lehre, und danach bewahrte er alle seine Mandarinenschalen auf. Er wanderte die ganze Nacht umher und kam gegen Morgen an den Fluss. Dann begannen seine Probleme wirklich.

# Kapitel fünf
## MEIN VATER TRIFFT EINIGE TIGER

Der Fluss war sehr breit und schlammig, und der Dschungel war sehr düster und dicht. Die Bäume standen dicht beieinander, und der Platz zwischen ihnen wurde von großen, hohen Farnen mit klebrigen Blättern eingenommen. Mein Vater wollte den Strand nicht verlassen, aber er beschloss, am Flussufer entlangzugehen, wo der Dschungel wenigstens nicht ganz so dicht war. Er aß drei Mandarinen, wobei er diesmal darauf achtete, alle Schalen aufzubewahren, und zog seine Gummistiefel an.

Mein Vater versuchte, dem Flussufer zu folgen, aber es war sehr sumpfig, und je weiter er ging, desto tiefer wurde der Sumpf. Als er fast so tief war wie seine Stiefelschäfte, blieb er im schlammigen, schlammigen Schlamm stecken. Mein Vater zerrte und zerrte und hätte beinahe seine Stiefel ausgezogen, aber schließlich schaffte er es, zu einer trockeneren Stelle zu waten. Hier war der Dschungel so dicht, dass er kaum erkennen konnte, wo der Fluss war. Er packte seinen Kompass aus und überlegte, in welche Richtung er gehen musste, um in der Nähe des Flusses zu bleiben. Aber er wusste nicht, dass der Fluss ein kleines Stückchen weiter eine sehr scharfe Biegung von ihm weg machte, und so entfernte er sich, während er geradeaus ging, immer weiter vom Fluss.

Das Gehen im Dschungel war sehr beschwerlich. Die klebrigen Blätter der Farne verfingen sich in den Haaren meines Vaters, und er stolperte ständig über Wurzeln und morsche Baumstämme. Manchmal standen die Bäume so dicht beieinander, dass er sich nicht zwischen ihnen hindurchzwängen konnte und einen weiten Umweg machen musste.

Er hörte flüsternde Geräusche, konnte aber nirgends Tiere sehen. Je tiefer er in den Dschungel vordrang, desto sicherer war er, dass ihm etwas folgte, und dann glaubte er, zu beiden Seiten und hinter sich flüsternde Geräusche zu hören. Er versuchte zu rennen, stolperte aber über weitere Wurzeln, und die Geräusche kamen immer näher. Ein- oder zweimal glaubte er, etwas zu hören, das ihn auslachte.

Schließlich kam er auf eine Lichtung und rannte mitten hinein, damit er alles sehen konnte, was ihn angreifen könnte. Er war überrascht, als er sah, wie rund um die Lichtung vierzehn grüne Augen aus dem Dschungel kamen, und als sich die grünen Augen in sieben Tiger verwandelten! Die Tiger liefen in einem großen Kreis um ihn herum und sahen dabei immer hungriger aus, und dann setzten sie sich hin und begannen zu reden.

„Ich nehme an, Sie dachten, wir wüssten nicht, dass Sie in unseren Dschungel eingedrungen sind!"

Dann sprach der nächste Tiger: „Ich schätze, du wirst sagen, du wusstest nicht, dass das unser Dschungel ist!"

„Wussten Sie, dass noch nie ein Entdecker diese Insel lebend verlassen hat?", sagte der dritte Tiger.

Mein Vater dachte an die Katze und wusste, dass das nicht stimmte. Aber natürlich war er zu vernünftig, um das zu sagen. Einem hungrigen Tiger widerspricht man nicht.

Die Tiger redeten abwechselnd weiter. „Du bist unser erster kleiner Junge, weißt du. Ich bin neugierig, ob du besonders zärtlich bist."

„Vielleicht denkst du, wir hätten regelmäßige Essenszeiten, aber das ist nicht der Fall. Wir essen einfach, wenn wir hungrig sind", sagte der fünfte Tiger.

„Und wir haben gerade großen Hunger. Eigentlich kann ich es kaum erwarten", sagte der Sechste.

„Ich *kann es kaum* erwarten!", sagte der siebte Tiger.

Und dann riefen alle Tiger gleichzeitig und brüllten laut: „Lasst uns sofort anfangen!" und sie kamen näher.

Mein Vater sah die sieben hungrigen Tiger an und dann hatte er eine Idee. Er öffnete schnell seinen Rucksack und holte den Kaugummi heraus. Die Katze hatte ihm erzählt, dass Tiger besonders gern Kaugummi kauen, der auf der Insel sehr selten war. Also warf er jedem von ihnen ein Stück zu, aber sie knurrten nur: „So gern wir Kaugummi kauen, wir sind sicher, dass wir dich noch lieber mögen!" und sie kamen so nah, dass er ihren Atem in seinem Gesicht spüren konnte.

„Aber das ist ein ganz besonderer Kaugummi", sagte mein Vater. „Wenn du lange genug darauf kaut, wird er grün, und wenn du ihn dann anpflanzt, wächst noch mehr Kaugummi, und je früher du anfängst zu kauen, desto schneller hast du mehr."

Die Tiger sagten: „Das ist ja nicht das Einzige, was ich sagen kann! Ist das nicht toll!" Und da jeder als Erster den Kaugummi platzieren wollte, packten sie alle ihre Kaugummis aus und begannen, so fest sie konnten darauf herumzukauen. Ab und zu schaute ein Tiger dem anderen ins Maul und sagte: „Nö, es ist noch nicht fertig", bis sie schließlich alle so damit beschäftigt waren, einander ins Maul zu schauen, um sicherzustellen, dass keiner zu weit ging, dass sie meinen Vater völlig vergaßen.

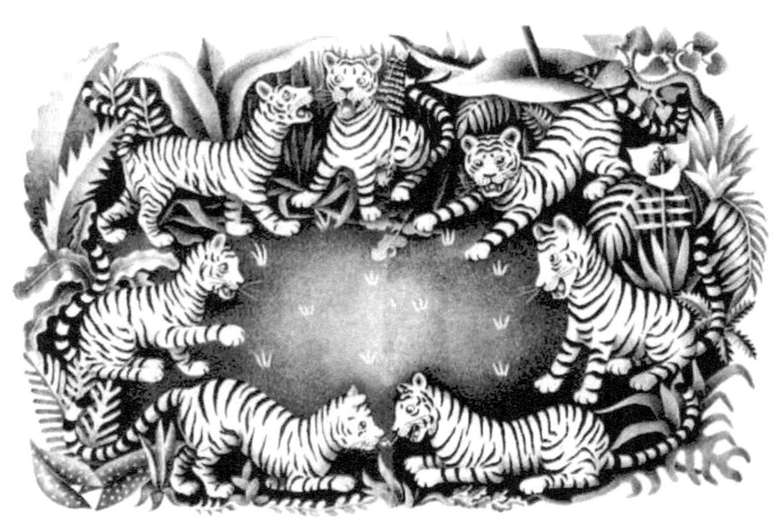

# Kapitel Sechs
## MEIN VATER TRIFFT EIN NASHORN

Mein Vater fand bald einen Pfad, der von der Lichtung wegführte. Er war wahrscheinlich auch von allen möglichen Tieren benutzt worden, aber er beschloss, dem Pfad auf jeden Fall zu folgen, denn er könnte zum Drachen führen. Er hielt nach vorne und hinten scharf Ausschau und ging weiter.

Gerade als er sich wieder ganz sicher fühlte, kam er um eine Kurve, direkt hinter den beiden Wildschweinen. Eines von ihnen sagte zu dem anderen: „Wusstest du, dass die Schildkröten dachten, sie hätten gesehen, wie Affe gestern Abend seine kranke Großmutter zum Arzt trug? Aber Affes Großmutter ist vor einer Woche gestorben, also müssen sie etwas anderes gesehen haben. Ich frage mich, was es war.“

„Ich habe dir gesagt, dass eine Invasion im Gange ist“, sagte der andere Eber, „und ich habe vor, herauszufinden, was es ist. Ich kann Invasionen einfach nicht ertragen.“

„Keineswegs“, sagte eine winzige Stimme. „Ich meine, ich auch nicht“, und mein Vater wusste, dass die Maus auch da war.

„Gut“, sagte der erste Eber, „du suchst hier den Weg zum Drachen. Ich gehe in die andere Richtung durch die große Lichtung zurück und wir schicken Maus los, um die Ocean Rocks zu beobachten, für den Fall, dass die Invasion beschließt, zu verschwinden, bevor wir sie finden.“

Mein Vater versteckte sich gerade noch rechtzeitig hinter einem Mahagonibaum, und der erste Eber lief direkt an ihm vorbei. Mein Vater wartete, bis der andere Eber ihm voraus war, aber er wartete nicht sehr lange, denn er wusste, dass der erste Eber noch misstrauischer sein würde, wenn er die Kaugummi kauenden Tiger auf der Lichtung sehen würde.

Bald überquerte der Weg einen kleinen Bach und mein Vater, der inzwischen sehr durstig war, hielt an, um etwas zu trinken. Er hatte immer noch seine Gummistiefel an und watete in eine kleine Wasserpfütze. Als er sich bückte, packte ihn etwas ziemlich Scharfes am Hosenboden und schüttelte ihn heftig.

„Weißt du nicht, dass das mein privater Tränenteich ist?", sagte eine tiefe, wütende Stimme.

Mein Vater konnte nicht sehen, wer sprach, weil er direkt über dem Pool in der Luft hing, aber er sagte: „Oh nein, das tut mir so leid. Ich wusste nicht, dass jeder einen privaten Pool zum Weinen hat."

„Das tut nicht jeder!", sagte die wütende Stimme, „aber ich tue es, weil ich so viel zu weinen habe und jeden, den ich finde, in meinem Tränenbecken ertränke." Dann warf das Tier meinen Vater über das Wasser auf und ab.

„Warum – weinst – du – so viel?", fragte mein Vater, während er nach Luft rang und über all die Dinge nachdachte, die er in seinem Rucksack hatte.

„Oh, ich habe viele Dinge, über die ich weinen kann, aber das Schlimmste ist die Farbe meines Stoßzahns." Mein Vater wand sich in alle Richtungen, um den Stoßzahn zu sehen, aber er war durch den Hosenboden und konnte ihn unmöglich sehen. „Als ich ein junges Nashorn war, war mein Stoßzahn perlweiß", sagte das Tier (und da wusste mein Vater, dass er am Hosenboden an einem Nashornstoßzahn hing!), „aber er ist im Alter hässlich gelbgrau geworden und ich finde ihn sehr hässlich. Weißt du, alles andere an mir ist hässlich, aber als ich einen schönen Stoßzahn hatte, habe ich mir über den Rest nicht so viele Gedanken gemacht. Jetzt, wo mein Stoßzahn auch hässlich ist, kann ich nachts nicht schlafen, wenn ich nur daran denke, wie hässlich ich bin, und ich weine die ganze Zeit. Aber warum sollte ich dir diese Dinge erzählen? Ich habe dich dabei erwischt, wie du mein Schwimmbecken benutzt hast, und jetzt werde ich dich ertränken."

„Oh, warte mal, Nashorn", sagte mein Vater. „Ich habe ein paar Sachen, die deinen Stoßzahn wieder weiß und schön machen. Lass mich einfach runter und ich gebe sie dir."

Das Nashorn sagte: „Das ist wahr? Ich kann es kaum glauben! Ich bin so aufgeregt!" Es setzte meinen Vater ab und tanzte im Kreis herum, während mein Vater die Tube Zahnpasta und die Zahnbürste herausholte.

„Jetzt", sagte mein Vater, „beweg deinen Stoßzahn bitte ein bisschen näher, dann zeige ich dir, wie du anfangen sollst." Mein Vater machte die Bürste im Teich nass, drückte einen Klecks Zahnpasta darauf und schrubbte sehr fest an einer winzigen Stelle. Dann sagte er dem Nashorn, es solle sie abwaschen, und als der Teich wieder ruhig war, sagte er dem Nashorn, es solle ins Wasser schauen und sehen, wie weiß der kleine Fleck sei. Im trüben Licht des Dschungels war er schwer zu erkennen, aber tatsächlich schimmerte der Fleck perlweiß, wie neu. Das Nashorn war so erfreut, dass es die Zahnbürste schnappte und heftig zu schrubben begann und dabei meinen Vater völlig vergaß.

In diesem Moment hörte mein Vater Hufschritte und sprang hinter das Nashorn. Es war der Eber, der von der großen Lichtung zurückkam, wo die Tiger Kaugummi kauten. Der Eber sah das Nashorn an, und die Zahnbürste, und die Tube Zahnpasta, und dann kratzte er sich das Ohr an einem Baum. „Sag mir, Nashorn", sagte er, „wo hast du diese schöne Tube Zahnpasta und diese Zahnbürste her?"

„Zu beschäftigt!", sagte das Nashorn und putzte weiter, so fest es konnte.

Der Eber schnüffelte wütend und trabte den Pfad entlang auf den Drachen zu, während er vor sich hin murmelte: „Sehr verdächtig – Tiger sind zu sehr damit beschäftigt, Kaugummi zu kauen, Nashörner sind zu sehr damit beschäftigt, ihre Stoßzähne zu putzen – diese Invasion muss in den Griff bekommen werden. Gefällt mir überhaupt nicht, absolut nicht! Es regt alle furchtbar auf – ich frage mich jedenfalls, was es hier zu suchen hat."

# Kapitel Sieben
## MEIN VATER TRIFFT EINEN LÖWEN

Mein Vater winkte dem Nashorn zum Abschied zu, das viel zu beschäftigt war, um es zu bemerken, trank weiter unten am Bach etwas und watete zurück zum Pfad. Er war noch nicht weit gekommen, als er ein wütendes Tier brüllen hörte: „Verdammt! Ich habe dir gestern gesagt, du sollst keine Brombeeren pflücken. Wirst du es nie lernen? Was wird deine Mutter sagen!"

Mein Vater schlich weiter und spähte auf eine kleine Lichtung direkt vor ihm. Ein Löwe tänzelte herum und kratzte an seiner Mähne, die ganz verknotet und voller Brombeerzweige war. Je mehr er kratzte, desto schlimmer wurde es und desto wütender wurde er und desto mehr schrie er sich selbst an, denn er schrie die ganze Zeit sich selbst an.

Mein Vater sah, dass die Spur durch die Lichtung führte, also beschloss er, am Rand entlang durch das Unterholz zu kriechen, um den Löwen nicht zu stören.

Er kroch und kroch, und das Geschrei wurde immer lauter. Gerade als er den Pfad auf der anderen Seite erreichen wollte, hörte das Geschrei plötzlich auf. Mein Vater sah sich um und sah, wie der Löwe ihn wütend anstarrte. Der Löwe stürmte los und blieb wenige Zentimeter vor ihm schlitternd stehen.

„Wer bist du?", schrie der Löwe meinen Vater an.

„Mein Name ist Elmer Elevator."

"Was denkst du, wo du hingehst?"

„Ich gehe nach Hause", sagte mein Vater.

„Das denkst du doch!", sagte der Löwe. „Normalerweise würde ich dich für den Nachmittagstee aufheben, aber ich bin gerade so aufgeregt und hungrig, dass ich dich fressen würde." Und er hob meinen Vater mit seinen Vorderpfoten hoch, um zu fühlen, wie fett er war.

Mein Vater sagte: „Oh, bitte, Löwe, bevor du mich frisst, erzähl mir, warum du heute so besonders aufgeregt bist."

„Es ist meine Mähne", sagte der Löwe, während er ausrechnete, wie viele Bissen ein kleiner Junge machen würde. „Du siehst, was für ein schreckliches Durcheinander das ist, und ich scheine nichts dagegen tun zu können. Meine Mutter kommt heute Nachmittag mit dem Drachen rüber, und wenn sie mich so sieht, fürchte ich, wird sie mir mein Taschengeld streichen. Sie kann unordentliche Mähnen nicht ertragen! Aber ich werde dich jetzt fressen, also wird es für dich keinen Unterschied machen."

„Oh, warte mal", sagte mein Vater, „ich gebe dir genau die Sachen, die du brauchst, um deine Mähne ordentlich und schön zu machen. Ich habe sie hier in meinem Rucksack."

„Wirklich?", sagte der Löwe. „Na, dann gib sie mir, und vielleicht hebe ich dich doch für den Nachmittagstee auf", und er setzte meinen Vater auf den Boden.

Mein Vater öffnete das Paket und nahm den Kamm und die Bürste und die sieben Haarbänder in verschiedenen Farben heraus. „Sieh mal", sagte er, „ich zeige dir, was du mit deiner Stirnlocke machen musst, und du kannst mir dabei zusehen. Erst bürstest du eine Weile, dann kämmst du, und dann bürstest du noch einmal, bis alle Zweige und Knoten weg sind. Dann teilst du sie in drei Teile und flechtest sie so und bindest ein Band um das Ende."

Während mein Vater das tat, beobachtete der Löwe alles genau und sah dann viel glücklicher aus. Als mein Vater das Band festband, strahlte er über das ganze Gesicht. „Oh, das ist wunderbar, wirklich wunderbar!", sagte der Löwe. „Gib mir den Kamm und die Bürste und schau, ob ich das hinbekomme." Also gab ihm mein Vater den Kamm und die Bürste und der Löwe begann eifrig, seine Mähne zu pflegen. Tatsächlich war er so beschäftigt, dass er nicht einmal bemerkte, wann mein Vater gegangen war.

# Kapitel Acht
## MEIN VATER TRIFFT EINEN GORILLA

Mein Vater war sehr hungrig, also setzte er sich unter einen kleinen Banyanbaum am Wegesrand und aß vier Mandarinen. Eigentlich wollte er acht oder zehn essen, aber er hatte nur noch dreizehn übrig und es würde lange dauern, bis er mehr bekommen würde. Er packte alle Schalen weg und wollte gerade aufstehen, als er die vertrauten Stimmen der Wildschweine hörte.

„Ich hätte es nicht geglaubt, wenn ich sie nicht mit eigenen Augen gesehen hätte, aber warten Sie ab und sehen Sie selbst. Alle Tiger sitzen herum und kauen Kaugummi, um die Band zu schlagen. Das alte Nashorn ist so damit beschäftigt, seinen Stoßzahn zu putzen, dass es sich nicht einmal umsieht, um zu sehen, wer vorbeigeht, und sie sind alle so beschäftigt, dass sie nicht einmal mit mir reden!"

„Bei den Pferden!", sagte der andere Eber, der jetzt ganz nah bei meinem Vater war. „Sie werden mit mir reden! Ich werde der Sache auf den Grund gehen, und wenn es das Letzte ist, was ich tue!"

Die Stimmen gingen an meinem Vater vorbei und gingen um eine Kurve, und er beeilte sich, weil er wusste, wie viel aufgeregter die Wildschweine sein würden, wenn sie die mit Haarbändern zusammengebundene Mähne des Löwen sähen.

Bald kam mein Vater an eine Kreuzung und blieb stehen, um die Schilder zu lesen. Geradeaus zeigte ein Pfeil zum Anfang des Flusses, links zu den Ocean Rocks und rechts zur Drachenfähre. Mein Vater las all diese Schilder, als er Pfotenschritte hörte und sich hinter den Wegweiser duckte. Eine wunderschöne Löwin stolzierte vorbei und bog in Richtung der Lichtungen ab. Obwohl sie meinen Vater hätte sehen können, wenn sie sich die Mühe gemacht hätte, einen Blick auf den Wegweiser zu werfen, war sie viel zu sehr damit beschäftigt, würdevoll zu wirken, um etwas anderes als ihre eigene Nasenspitze zu sehen. Es war natürlich die Mutter des Löwen, und das, dachte mein Vater, musste bedeuten, dass der Drache auf dieser Seite des Flusses war. Er eilte weiter, aber er war weiter weg, als er geschätzt hatte. Am späten Nachmittag kam er schließlich zum Flussufer und sah sich um, aber weit und breit war kein Drache zu sehen. Er musste auf die andere Seite zurückgekehrt sein.

Mein Vater setzte sich unter eine Palme und versuchte gerade, sich ein klares Bild zu machen, als etwas Großes, Schwarzes und Haariges aus dem Baum sprang und mit einem lauten Krachen vor seinen Füßen landete.

„Und?", sagte eine gewaltige Stimme.

„Und was?", sagte mein Vater, und es tat ihm sehr leid, als er aufsah und feststellte, dass er mit einem riesigen und sehr wilden Gorilla sprach.

„Na, dann erkläre dich", sagte der Gorilla. „Ich gebe dir bis zehn Uhr Zeit, mir deinen Namen, dein Geschäft, dein Alter und was in dem Rucksack ist zu sagen", und er begann, so schnell er konnte bis zehn zu zählen.

Mein Vater hatte nicht einmal Zeit, „Elmer Elevator, Entdecker" zu sagen, als der Gorilla ihn unterbrach: „Zu langsam! Ich werde dir die Arme verdrehen, so wie ich die Flügel dieses Drachens verdrehe, und dann werden wir sehen, ob du dich nicht ein bisschen beeilen kannst." Er packte die Arme meines Vaters, einen in jeder Faust, und wollte sie gerade verdrehen, als er plötzlich losließ und begann, sich mit beiden Händen an der Brust zu kratzen.

„Verdammt, diese Flöhe!", schimpfte er. „Sie lassen dir keine Sekunde Ruhe und das Schlimmste ist, dass du sie nicht einmal richtig sehen kannst. Rosie! Rhoda! Rachel! Ruthie! Ruby! Roberta! Komm her und beseitige diesen Floh auf meiner Brust. Er macht mich verrückt!"

Sechs kleine Affen purzelten aus der Palme, stürzten auf den Gorilla zu und begannen, ihm das Brusthaar zu kämmen.

„Na", sagte der Gorilla, „da ist es noch!"

„Wir suchen, wir suchen", sagten die sechs kleinen Affen, „aber sie sind furchtbar schwer zu sehen, weißt du."

„Ich weiß", sagte der Gorilla, „aber beeil dich. Ich habe Arbeit zu erledigen", und er zwinkerte meinem Vater zu.

„Oh, Gorilla", sagte mein Vater, „in meinem Rucksack habe ich sechs Vergrößerungsgläser. Die wären genau das Richtige zum Flohjagen." Mein Vater packte sie aus und gab eine an Rosie, eine an Rhoda, eine an Rachel, eine an Ruthie, eine an Ruby und eine an Roberta.

„Die sind ja wundersam!", sagten die sechs kleinen Affen. „Jetzt sieht man die Flöhe ganz leicht, aber es sind Hunderte!" Und sie jagten wie verrückt weiter.

Einen Moment später tauchten viele weitere Affen aus einem nahe gelegenen Mangrovenwald auf und drängten sich um ihn, um die Flöhe durch die Lupen zu betrachten. Sie umringten den Gorilla vollständig, und er konnte meinen Vater nicht sehen und vergaß auch, ihm die Arme zu verdrehen.

# Kapitel Neun
## MEIN VATER BAUT EINE BRÜCKE

Mein Vater lief am Ufer hin und her und versuchte, sich eine Möglichkeit auszudenken, den Fluss zu überqueren. Er fand einen hohen Fahnenmast, an dem ein Seil auf die andere Seite führte. Das Seil lief durch eine Schlaufe an der Spitze des Mastes und dann den Mast hinunter und um eine große Kurbel. Auf einem Schild an der Kurbel stand:

UM DRACHEN ZU BESCHWÖREN, RUFEN SIE DIE KURBEL.
MELDEN SIE UNORDENTLICHES
VERHALTEN AN GORILLA.

Aus dem, was die Katze meinem Vater erzählt hatte, wusste er, dass das andere Ende des Seils um den Hals des Drachen gebunden war, und er hatte mehr Mitleid mit dem armen Drachen als je zuvor. Wäre er auf dieser Seite, würde der Gorilla seine Flügel so lange drehen, bis es so weh tut, dass er auf die andere Seite fliegen muss. Wäre er auf der anderen Seite, würde der Gorilla so lange am Seil ziehen, bis der Drache entweder erstickt oder auf diese Seite zurückfliegt. Was für ein Leben für ein Drachenbaby!

Mein Vater wusste, dass der Gorilla ihn sicher hören würde, wenn er den Drachen rief, er solle über den Fluss kommen. Also überlegte er, auf die Stange zu klettern und am Seil hinüberzugehen. Die Stange war sehr hoch, und selbst wenn er es bis ganz nach oben schaffen konnte, ohne gesehen zu werden, musste er sich den ganzen Weg Hand über Hand hinüberkriechen. Der Fluss war sehr schlammig und es mochten allerlei unfreundliche Dinge darin leben, aber mein Vater konnte sich keine andere Möglichkeit vorstellen, hinüberzukommen. Er wollte gerade die Stange hochklettern, als er trotz des Lärms, den die Affen machten, hinter sich ein lautes Platschen hörte. Er sah sich im Wasser um, aber es war inzwischen dunkel, und er konnte dort nichts sehen.

„Ich bin's, Krokodil", sagte eine Stimme von links. „Das Wasser ist herrlich und ich habe so ein Verlangen nach etwas Süßem. Kommst du nicht mit rein und schwimmst mit?"

Ein blasser Mond kam hinter den Wolken hervor und mein Vater konnte hören, woher die Stimme kam. Der Kopf des Krokodils lugte gerade aus dem Wasser.

„Oh, nein danke", sagte mein Vater. „Ich gehe nach Sonnenuntergang nie schwimmen, aber ich habe etwas Süßes für dich. Vielleicht hättest du gern einen Lutscher und vielleicht hast du Freunde, die auch gern Lutscher hätten?"

„Lutscher!", sagte das Krokodil. „Das ist ja ein Leckerbissen! Wie wär's damit, Jungs?"

Ein ganzer Chor rief: „Hurra! Lutscher!" und mein Vater zählte bis zu siebzehn Krokodile, deren Köpfe gerade aus dem Wasser ragten.

„Das ist in Ordnung", sagte mein Vater, als er die zwei Dutzend rosa Lutscher und die Gummibänder herausholte. „Ich lege einen hier in die Bank. Lutscher halten länger, wenn man sie aus dem Wasser hält, weißt du. Jetzt kann einer von euch diesen haben."

Das Krokodil, das zuerst gesprochen hatte, schwamm herbei und probierte es. „Köstlich, unglaublich köstlich!", sagte es.

„Wenn es dir nichts ausmacht", sagte mein Vater, „laufe ich jetzt einfach deinen Rücken entlang und befestige mit einem Gummiband einen weiteren Lutscher an deiner Schwanzspitze. Es macht dir doch nichts aus, oder?"

„Oh nein, nicht im Geringsten", sagte das Krokodil.

„Kannst du deinen Schwanz kurz aus dem Wasser heben?", fragte mein Vater.

„Ja, natürlich", sagte das Krokodil und hob seinen Schwanz in die Höhe. Dann lief mein Vater an seinem Rücken entlang und befestigte mit einem Gummiband einen weiteren Lolli.

„Wer ist der Nächste?", sagte mein Vater, und ein zweites Krokodil schwamm heran und begann, an dem Lutscher zu lutschen.

„Sie, meine Herren, können eine Menge Zeit sparen, wenn Sie sich einfach auf der anderen Seite des Flusses aufstellen", sagte mein Vater, „und ich komme vorbei, um jedem von Ihnen einen Lutscher zu geben."

So stellten sich die Krokodile mit erhobenen Schwänzen quer über den Fluss auf und warteten darauf, dass mein Vater sich die restlichen Lutscher schnappte. Der Schwanz des siebzehnten Krokodils erreichte gerade das andere Ufer.

---

# Kapitel Zehn
# MEIN VATER FINDET DEN DRACHEN

Als mein Vater gerade den Rücken des fünfzehnten Krokodils überquerte und noch zwei Lutscher vor sich hatte, hörte der Lärm der Affen plötzlich auf und er konnte ein viel lauteres Geräusch hören, das von Sekunde zu Sekunde lauter wurde. Dann konnte er sieben wütende Tiger und ein wütendes Nashorn und zwei wütende Löwen und einen tobenden Gorilla zusammen mit zahllosen kreischenden Affen hören, angeführt von zwei extrem wütenden Wildschweinen, die alle schrien: „Das ist ein Trick! Das ist ein Trick! Es gibt eine Invasion und sie muss hinter unserem Drachen her sein. Tötet ihn! Tötet ihn!" Die ganze Menge stürmte in Panik zum Ufer.

Als mein Vater dem letzten Krokodil den siebzehnten Lolli zubereitete, hörte er ein Wildschwein schreien: „Sieh mal, es kam von hier! Jetzt ist es da drüben, sieh mal! Die Krokodile haben ihm eine Brücke gebaut", und gerade als mein Vater auf das andere Ufer sprang, sprang eines der Wildschweine auf den Rücken des ersten Krokodils. Mein Vater hatte keine Zeit zu verlieren.

Inzwischen hatte der Drache gemerkt, dass mein Vater kam, um ihn zu retten. Er rannte aus dem Gebüsch, sprang schreiend auf und ab. „Hier bin ich! Ich bin genau hier! Siehst du mich? Beeil dich, der Eber kommt auch zu den Krokodilen. Sie kommen alle herüber! Oh, bitte beeil dich, beeil dich!" Der Lärm war einfach furchtbar.

Mein Vater rannte zum Drachen und holte sein sehr scharfes Klappmesser hervor. „Ruhig, alter Junge, ruhig. Wir schaffen das. Bleib einfach stehen", sagte er zum Drachen, während er begann, das dicke Seil zu durchsägen.

Zu diesem Zeitpunkt waren die beiden Wildschweine, alle sieben Tiger, die beiden Löwen, das Nashorn und der Gorilla zusammen mit den zahllosen kreischenden Affen auf dem Weg über die Krokodile und es gab noch eine Menge Seile durchzuschneiden.

„Oh, beeil dich", sagte der Drache immer wieder, und mein Vater sagte ihm erneut, er solle stillstehen.

„Wenn ich glaube, dass ich es nicht schaffe", sagte mein Vater, „fliegen wir auf die andere Seite des Flusses, und dort kann ich das Seil zu Ende durchschneiden."

Plötzlich wurde das Geschrei lauter und wütender, und mein Vater dachte, die Tiere müssten den Fluss überquert haben. Er sah sich um und sah etwas, das ihn überraschte und erfreute. Teilweise, weil er seinen Lutscher aufgegessen hatte, und teilweise, weil Krokodile, wie ich Ihnen bereits erzählte, sehr launisch und nicht im Geringsten zuverlässig sind und immer auf der Suche nach etwas Essbarem sind, hatte sich das erste Krokodil vom Ufer abgewandt und begann, den Fluss hinunterzuschwimmen. Das zweite Krokodil war noch nicht fertig, also folgte es dem ersten, immer noch an seinem Lutscher lutschend. Alle anderen taten dasselbe, einer nach dem anderen, bis sie alle in einer Reihe davonschwammen. Die beiden Wildschweine, die sieben Tiger, das Nashorn, die beiden Löwen, der Gorilla und die zahllosen kreischenden Affen fuhren alle mitten im Fluss auf dem Zug der Krokodile hinunter, die rosa Lutscher lutschten, schrien und kreischten und sich die Füße nass machten.

Mein Vater und der Drache lachten sich kaputt, weil es so ein alberner Anblick war. Sobald sie sich erholt hatten, schnitt mein Vater das Seil durch und der Drache raste im Kreis herum und versuchte, einen Purzelbaum zu schlagen. Er war das aufgeregteste Drachenbaby, das je gelebt hatte. Mein Vater hatte es eilig, wegzufliegen, und als der Drache sich endlich etwas beruhigt hatte, kletterte mein Vater auf seinen Rücken.

„Alle an Bord!", sagte der Drache. „Wohin sollen wir gehen?"

„Wir werden die Nacht am Strand verbringen und morgen die lange Heimreise antreten. Also, auf geht's zu den Ufern von Tangerina!", rief mein Vater, als der Drache über den dunklen Dschungel und den schlammigen Fluss schwebte und all die Tiere, die ihn anbrüllten, und all die Krokodile, die rosa Lollis leckten und breit grinsten. Was kümmerte es die Krokodile schließlich, wie sie den Fluss überqueren konnten, und was für ein feines Festmahl sie auf ihren Rücken trugen!

Als mein Vater und der Drache über die Ocean Rocks flogen, hörten sie eine kleine, aufgeregte Stimme schreien: „Bum, kack! Bum, kack! Wir haben unseren Nagon verloren! Ich meine, wir brauchen unseren Drachen!"

Aber mein Vater und der Drache wussten, dass nichts auf der Welt sie jemals dazu bewegen würde, zur Wild Island zurückzukehren.

DAS ENDE

www.ingramcontent.com/pod-product-compliance
Lightning Source LLC
LaVergne TN
LVHW040323200726
843493LV00015B/2735